Pictures at an Exhibition

Promenade

Allegro giusto, nel modo russico, senza allegrezza, ma poco sostenuto

1. Gnome

Vivo
Poco meno mosso, pesante
ff
mf
Vivo
Meno mosso
ff
mf
Vivo
Meno mosso
ff
ff
Poco a poco accelerando
p
f
dim.
p
6

4

Promenade 2

Moderato commodo assai e con delicatezza

2. The Old Castle

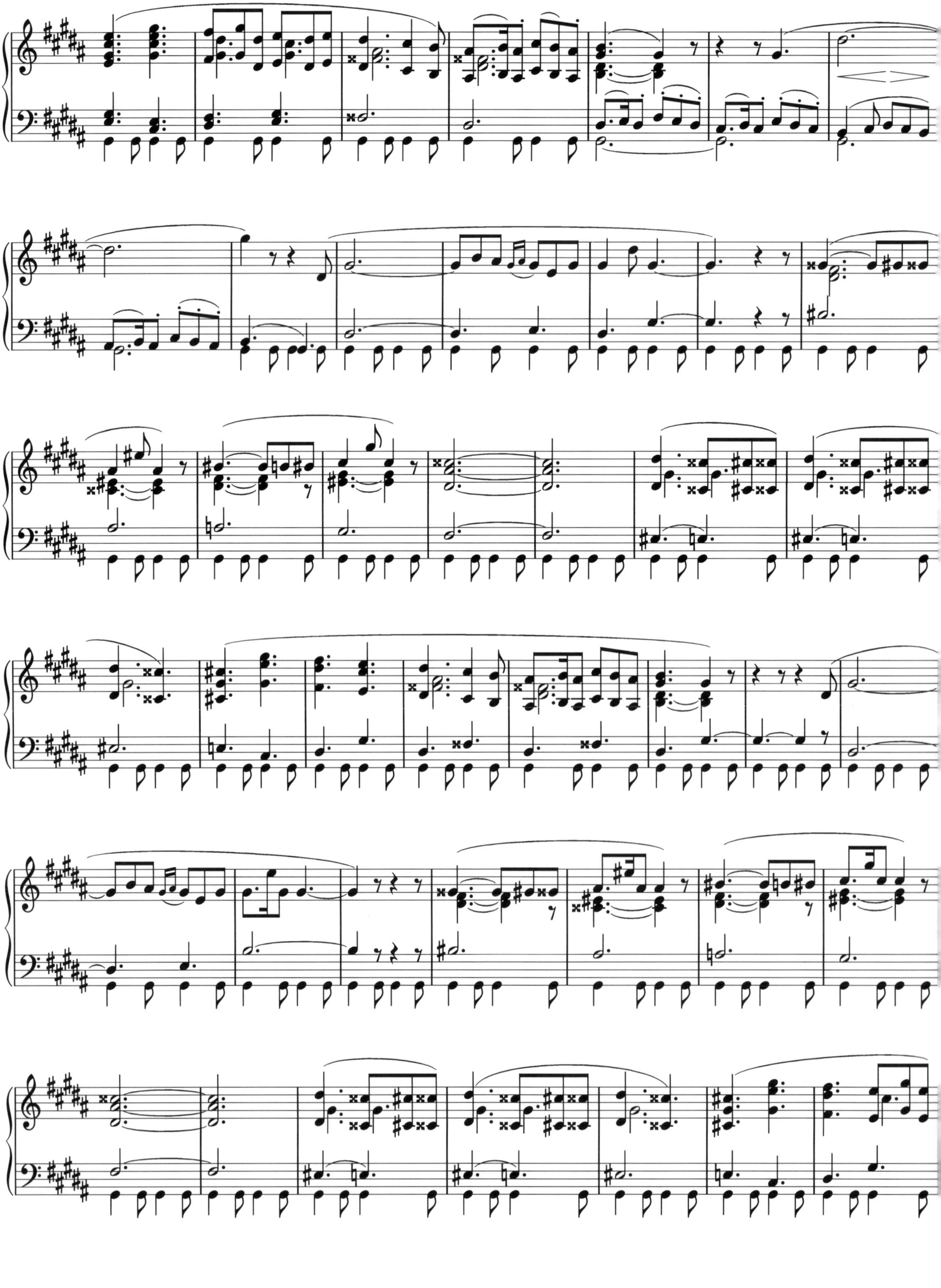

Promenade 3

Moderato non tanto, pesamente.

3. Tuileries (Children's Quarrel After Playing)

Allegretto non troppo, capriccioso

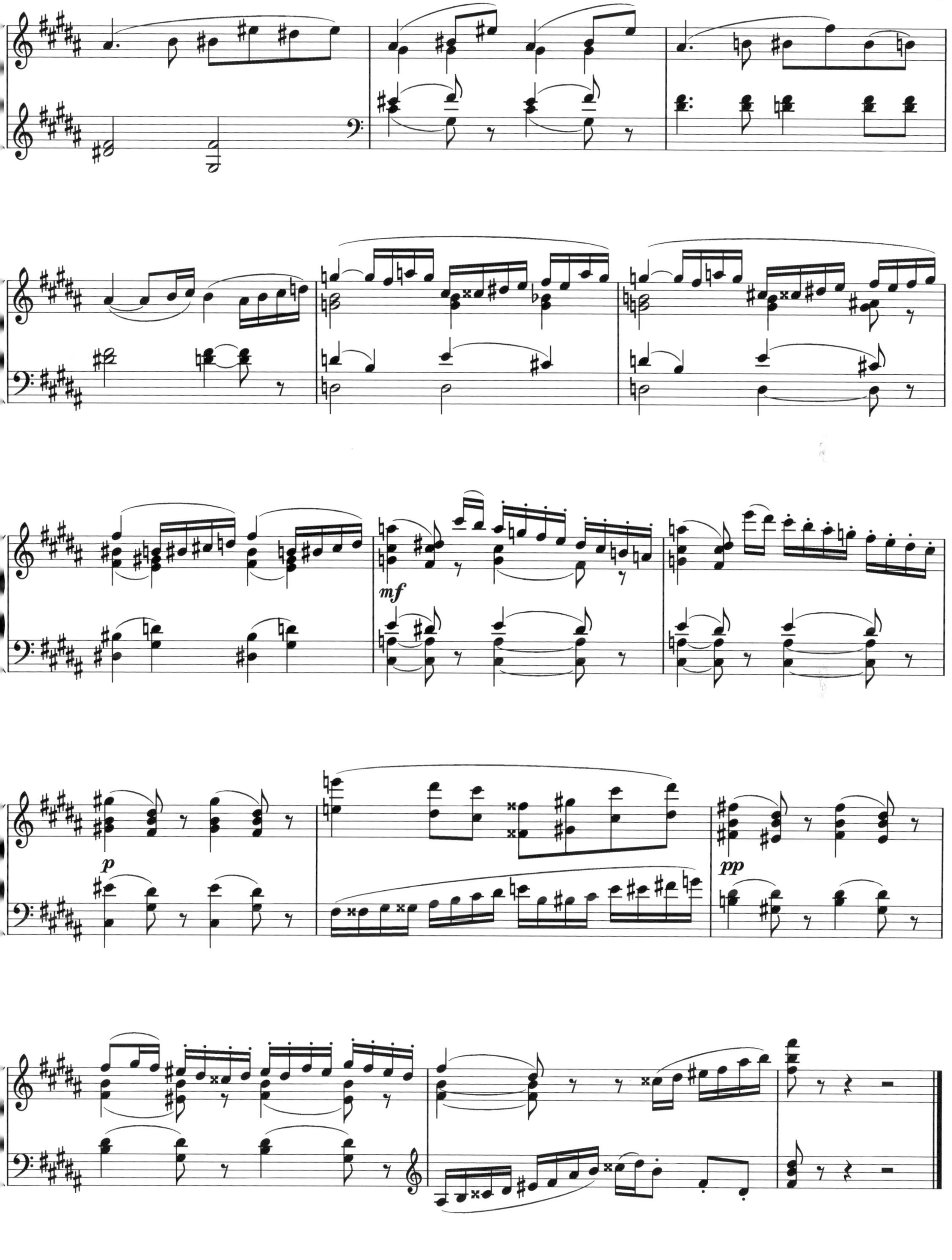
mf
p
pp

4. Oxen (The Oxcart)

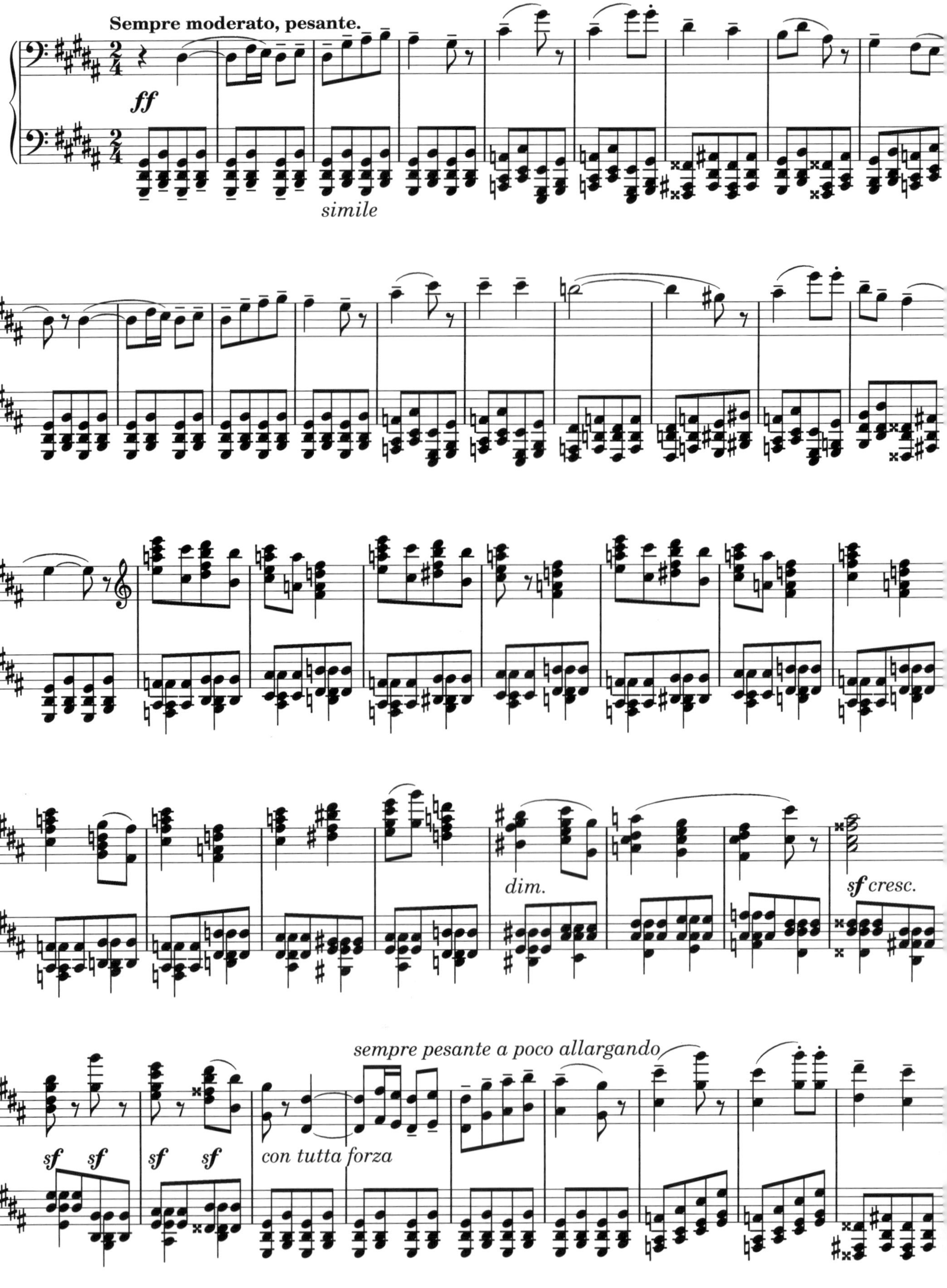

Promenade 4

5. Ballet of the Unborn Chicks

Scherzino.
Vivo, leggiero.

De Capo il Scherzino, senza Trio, e poi Coda

6. Two Jews, One Rich and the Other Poor (Samuel Goldberb and Schmuyle)

dim.
Ped.
mf
dim.
Ped.
p
dim.
Ped.
p
dim.
Ped.
mf
sf
Andante. Grave.
mf
sf
f
sf

Promenade 5

Allegro giusto, nel modo russico, poco sostenuto

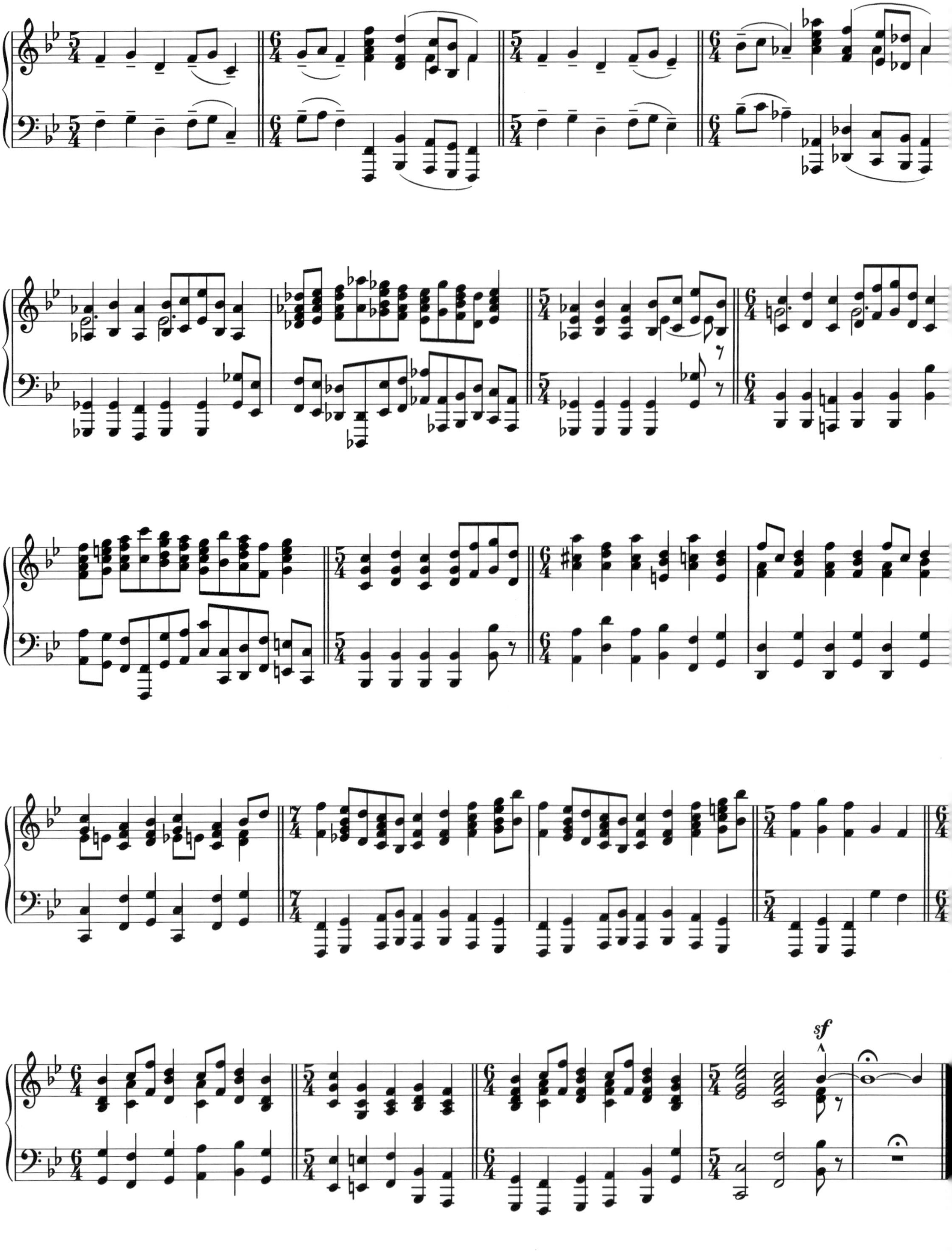
sf

7. Limoges. The Market (The Big News)

Allegretto vivo, sempre scherzando.

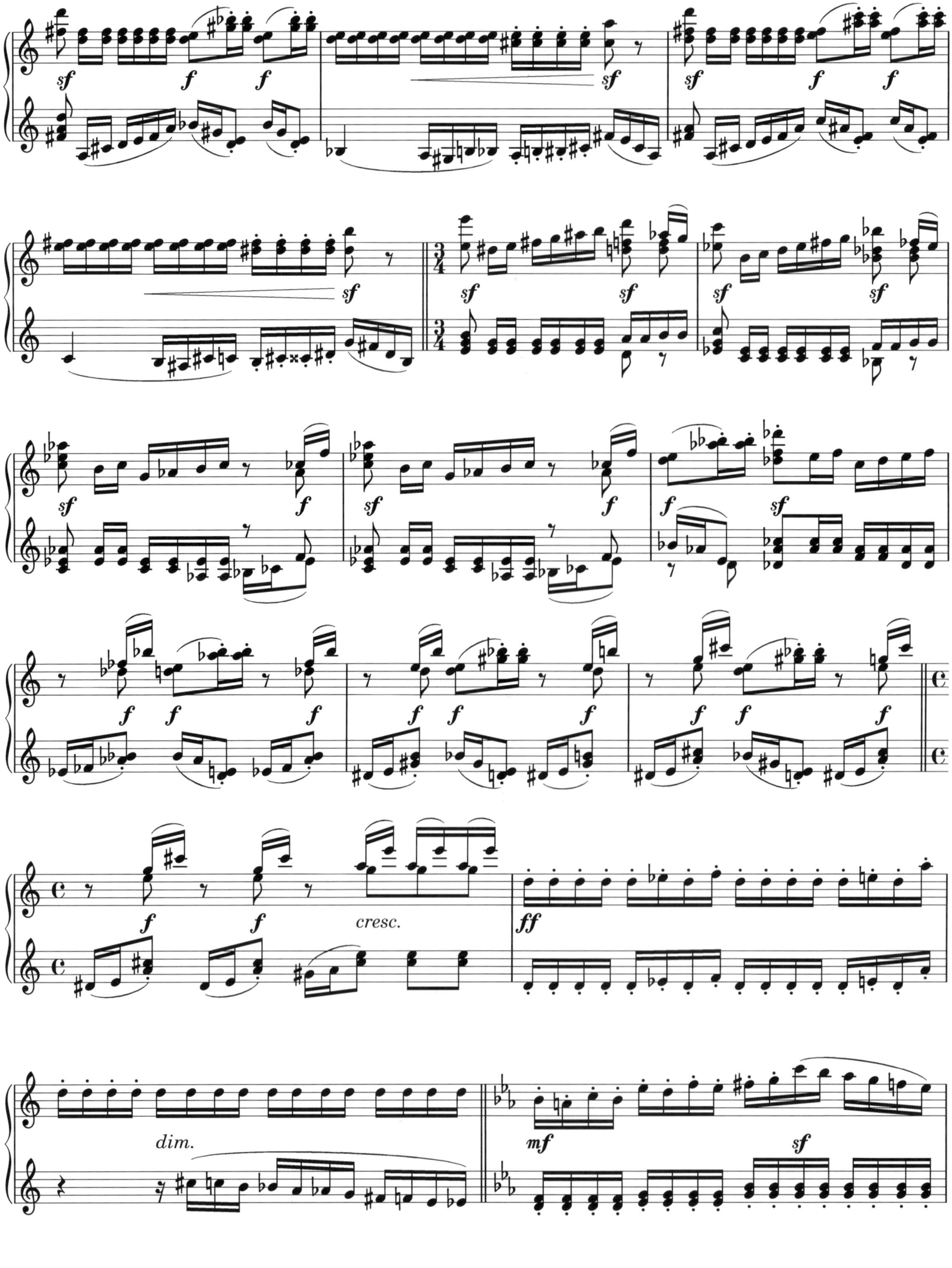
cresc.
dim.

Meno mosso, sempre capriccioso.

poco accelerando

20

8. Catacombs. Roman Sepulchre

Promenade 6 [Con mortius in lingua mortua]

tranquillo

pp

pp

il canto cantabile, ben marcato

Ped.

Ped.

ritard e perdendosi

ppp

Ped.

9. The Hut on Chicken Legs (Baba Yaga)

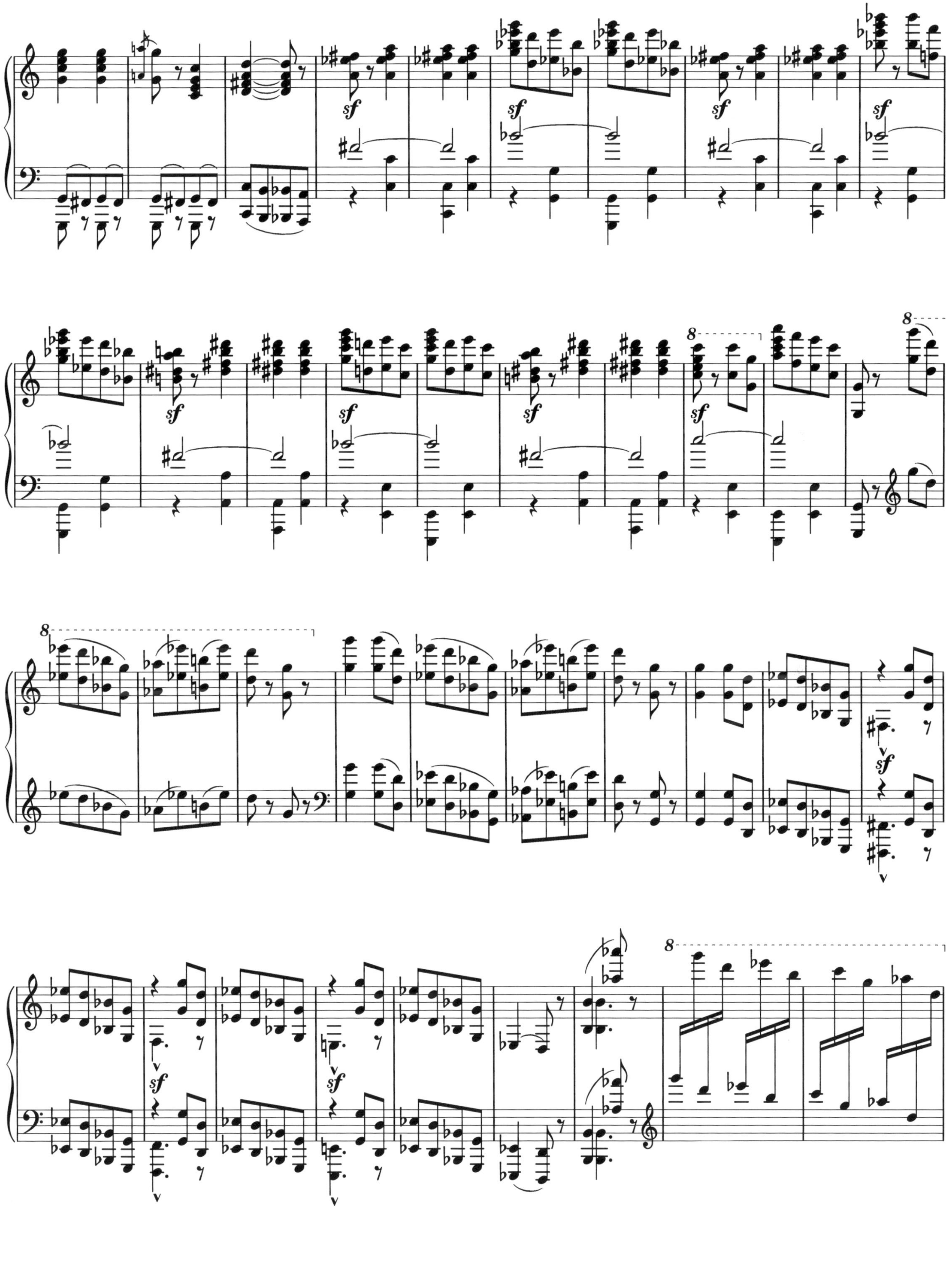

Andate mosso.

non legato

leggiero

m.s.
ten.
non legato Ped.
Ped.
marcato
sf
dim.
ppp
p
pp
Allegro molto
f
sf
sf cresc. sf
mf cresc. sf
ff

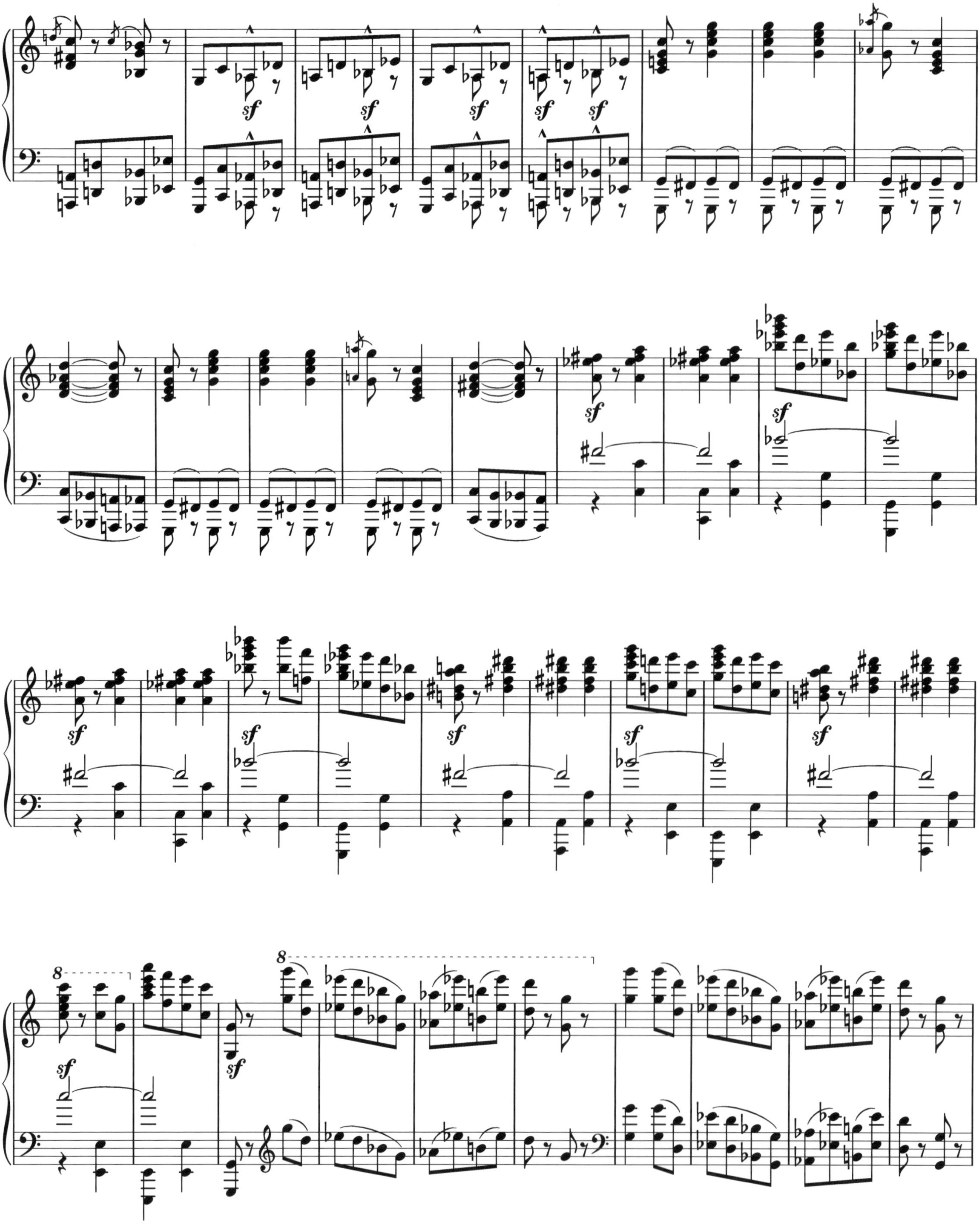
sf
8

poco ritardando

10. The Great Gate (in the Capital, Kiev)

Allegro alla breve. Maestoso. Con grandezza.

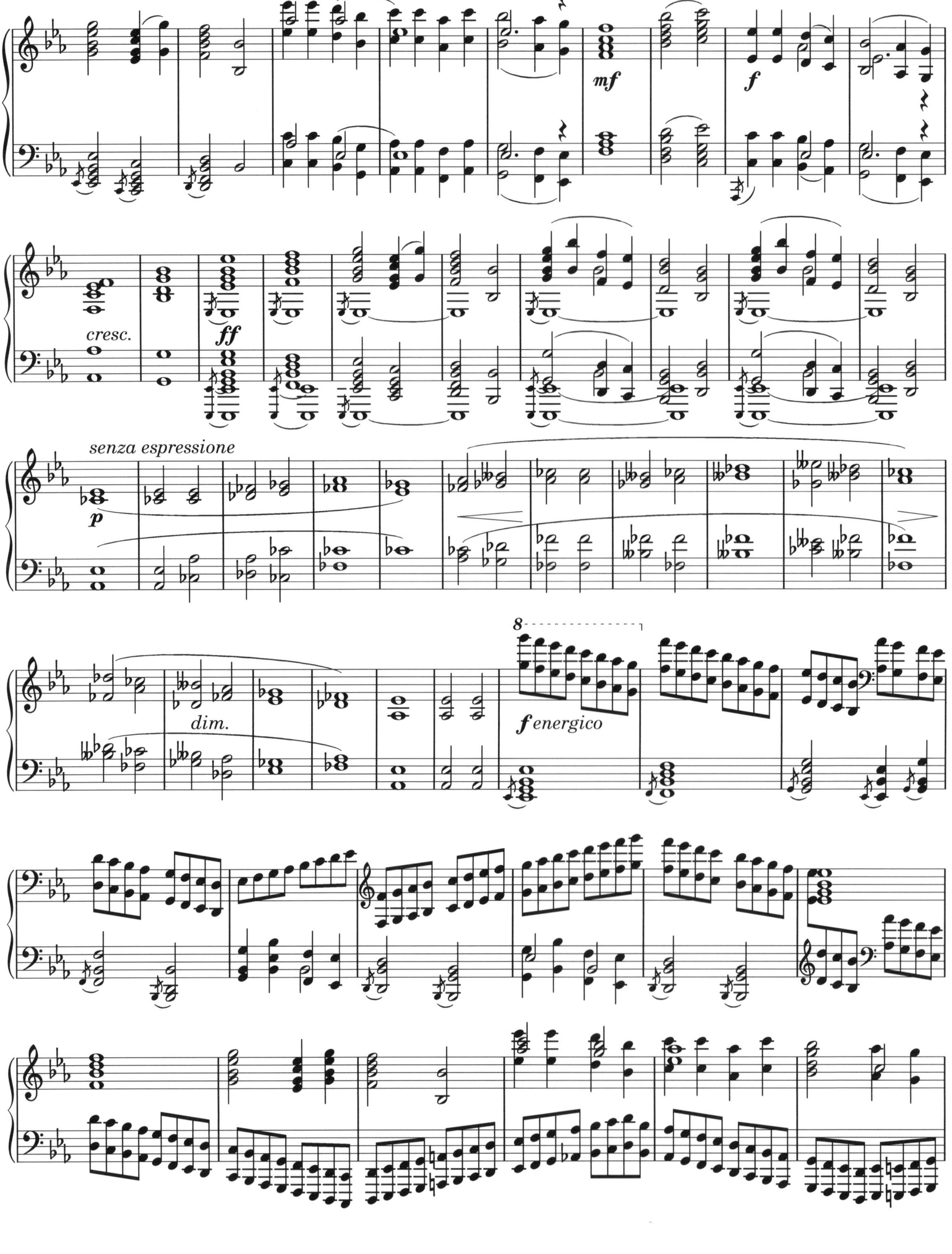
mf
f
cresc.
ff
senza espressione
p
dim.
8
f energico

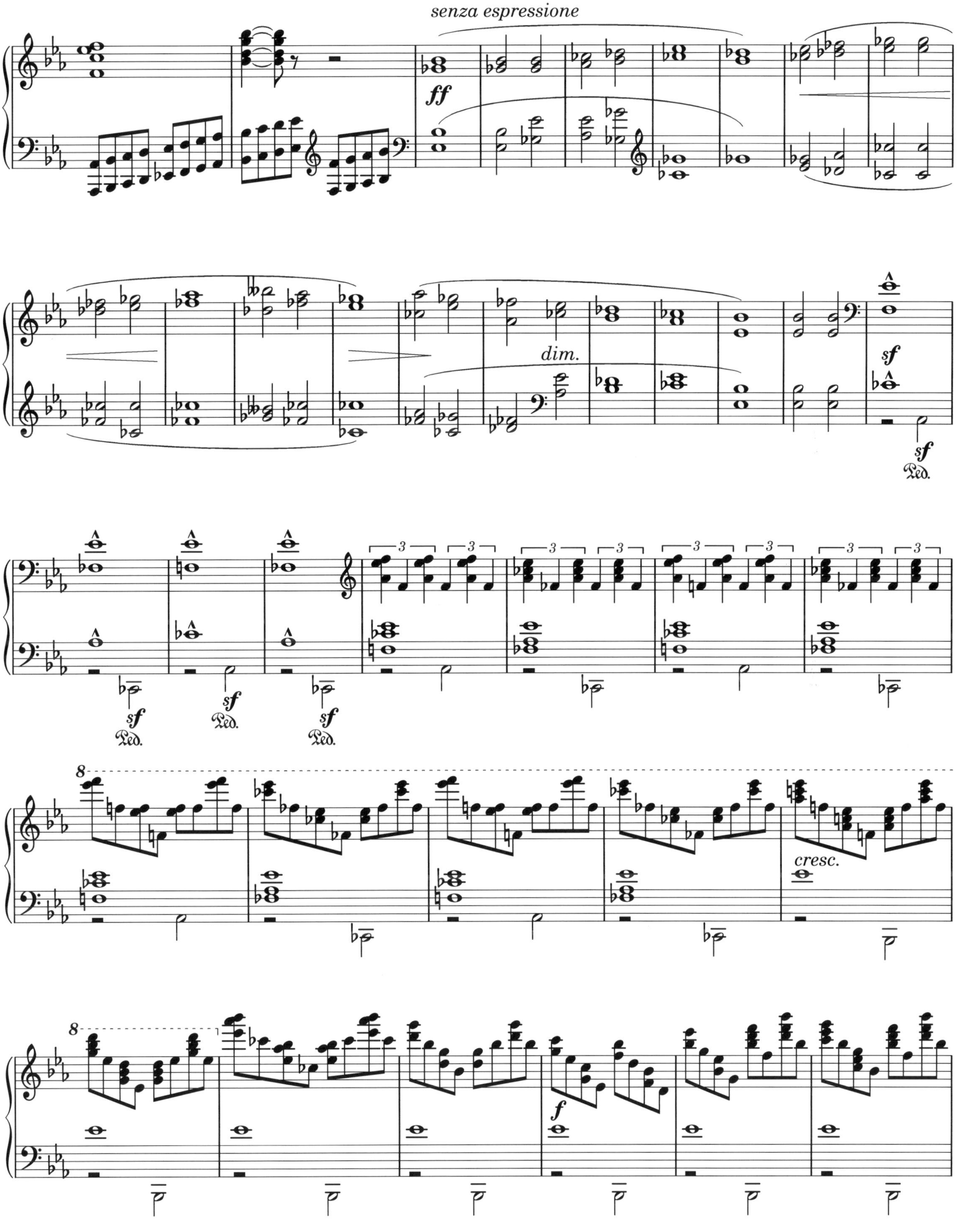
senza espressione
ff
dim.
sf
Ped.
3
8
cresc.
f

cresc.
mf cresc.
8
f
poco a poco più cresc.
8
Meno messo, sempre maestoso
3
ff
simile

mf
simile
cresc.
f
cresc.
poco a poco rallentando
Grave, sempre allargando.
ff

Printed in Great Britain
by Amazon